À Staffy, Soker, Dexter et Marilyn
et en souvenir de Stanley, Sadie et Pippin.

Traduit de l'anglais par Anne Krief

ISBN : 978-2-07-065331-7

Titre original : *Drat That Cat!*

Publié par Andersen Press Ltd., Londres

© Tony Ross 2013 pour le texte et les illustrations

© Gallimard Jeunesse 2013 pour la traduction française

Numéro d'édition : 251484

Loi n° 49-956 du 16 juillet 1949

sur les publications destinées à la jeunesse

Dépôt légal : août 2013

Imprimé en Malaisie

Quel fichu Chat!

TONY ROSS

GALLIMARD JEUNESSE

Suzy Chat vit avec les Baggot,
de sorte qu'elle s'appelle en fait
Suzy Chat Baggot.

La plupart du temps, Suzy Chat se tient très correctement…

… mais il arrive qu'elle ne soit pas sage du tout.

Papi n'aime pas les chats, mais les chats l'aiment bien.
Suzy adore lui sauter sur les genoux
et lui laisser des poils sur tout le pantalon.
– Ah! Quel fichu chat! s'écrie chaque fois Papi.

Un jour, Suzy a fait pipi dans le sac de golf de Papa
et l'odeur est restée très longtemps.
– Ah! Quel fichu chat! a pesté Papa.

Quand elle l'a mordu à la cheville, Papi a perdu l'équilibre
et glissé sur une boule de poils gluante que Suzy venait de recracher.
– Ah ! Quel fichu chat ! a glapi Papi.

Quand Maman a acheté un nouveau canapé,
Suzy a trouvé que c'était le meilleur endroit pour faire ses griffes.
Maman a jeté Suzy par la fenêtre mais, aussi sec,
Suzy est revenue et a recommencé !
– Ah! Quel fichu chat!

De temps à autre, les jumeaux tombaient sur un caca
tout chaud que Suzy venait d'enterrer dans le jardin.
– Beeeuuuurrrkkk! hurlaient-ils. Quel fichu chat!

Dès que l'on découvrait une bêtise, on accusait Suzy…
… en général parce que c'était elle qui l'avait faite.

Mais, un jour, catastrophe ! Suzy refusa de manger.
Les jumeaux essayèrent de lui donner un peu de Ratachat,
sa pâtée pour chat visqueuse et écœurante :
Suzy détourna résolument la tête.

Les choses s'aggravèrent quand Suzy refusa de boire.
Maman tenta de lui plonger le museau dans son bol d'eau,
mais Suzy se débattit et s'enfuit.

Suzy passait ses journées couchée sur le lit.
Elle n'ouvrait pas les yeux, elle ne mangeait pas et ne buvait pas.

Alors Papa la mit dans son panier et l'emporta chez la vétérinaire.
– Eh bien, que se passe-t-il? demanda la vétérinaire.
Suzy ne répondit pas : elle avait l'air très triste.
– Laissez-la-moi un peu, dit la vétérinaire.

En voyant leur père revenir
à la maison avec le panier vide,
les jumeaux fondirent d'abord en larmes,
après quoi ils entreprirent de trouver un joli emplacement
pour y enterrer Suzy, à côté d'Escargot et de Grenouille.
– Elle n'est pas encore morte, voyons ! protesta Papa.

La maison semblait toute vide sans Suzy. Personne ne dit un mot au dîner. Ç'aurait été si bon de lui réchauffer une petite souris !

Deux jours plus tard, la vétérinaire téléphona : Suzy allait mieux !
Papi partit aussitôt la chercher avec les jumeaux.

Tout le monde lui fit fête lorsqu'elle rentra à la maison.
Les jumeaux allèrent creuser des trous dans le jardin avec elle.
Papa la laissa dormir dans son sac de golf et Maman prit même
plaisir à lui voir faire ses griffes sur son canapé neuf.

Suzy eut le droit de manger à table. Au lieu de son Ratachat, on lui servit une belle cuisse de poulet dans la nouvelle gamelle que Papi lui avait achetée tout exprès.

Après dîner, Suzy partit faire son petit tour au jardin.
Maman lui ouvrit la porte.
– Surtout, pas de bêtises ! lui cria Papi.
– Ne rentre pas trop tard ! dit Papa.

Suzy alla voir Charlie Chien chez les voisins.
– Tu es guérie ? jappa-t-il.
– Oui, je vais très bien, répondit Suzy.
Pourquoi ?

– Parce qu'il paraît que tu étais
atrocement malade
et que tu ne voulais plus
ni boire ni manger,
expliqua Charlie Chien.

– Je faisais semblant, voyons ! dit Suzy. En réalité,
je venais ici manger ton Ratachien et boire ton eau. Désolée !
– Hum… je me demandais bien où ça disparaissait,
répondit Charlie Chien. Mais pourquoi as-tu fait ça ?

– Ah…, ronronna Suzy
avec son petit sourire.
Je voulais juste qu'ils
réalisent à quel point
ils m'aiment !